따뜻한 모서리

지혜사랑 274

따뜻한 모서리

민정순 시집

지혜

시인의 말

시詩라는
넓고 깊은 강물을
바라보며
낚싯대를 드리우고
대어를 꿈꿔보지만

작은 물고기라도 만나면
중독된 가슴이 뛴다

강가에 밀착하여
혼자 쪼그리고 앉아

낚싯줄로부터
풀려나거나
낚아 올리거나
퍼덕이는 서사이거나.

2023년 가을

차례

1부

2부

3부

4부

• 일러두기

페이지의 첫줄이 연과 연 사이의 띄어쓰기 줄에 해당할 경우 > 로
표시합니다.

1부

개똥 나비

나비야!
개똥철학이라도 하는 거니?

네가 앉은 자리가

절대, 가볍지 않구나

장미의 입

말문을 닫았다
이름값 무성한 정원 여왕을 만날 수 없는
장미 여인숙에 세든 장미 철학관

뻗어야 할 붉디붉은 줄장미 깃발을
양철 대문에 묶어 놓았다

돋친 말로
비밀을 찔러대던 가시는
늙어 가면서 뭉툭해져 갔다

찔려야만 피돌기를 하는 사람들은
흐르지 않는 피를 머금고
수상하게 떠나갔다

장미 여인숙 대문에
주인을 찾는다는 셋방이
말문을 닫은 여인숙처럼
붙어 있다

가면의 표정

시냅스*가 꼬인
뿌리들이 어두운 뒷면으로
떠다닌다

헐렁한 인심이 살아 있고
중심으로 뭉친 그들만의 리그

가시 돋친 말이 반복적이거나
심장을 슬쩍 흘리거나
새장 속의 십팔 번을 개사하거나

절망에 화해를 건넨다
바깥은 녹록지 않다

가면을 쓰고 더 단단한
가면을 준비한다

낯선 가죽의 촉감은
절벽이다

* 신경 세포들 사이의 연결고리

쟁퉁이 까치

까치들이
미처 떠나지 못한 고양이
한 마리를 쪼아댄다

은행나무와 동거하는 뒷골목 발소리에
휙 돌아보던 까치는
나무 위에 휘파람을 걸어 놓는다

고양이를 자식처럼 돌보는
이층 캣맘,

새끼를 낳으면 반기를 드는
전단 뒤로 숨어들고

늘어나는 고양이 비린내에
나붙은 붉은 깃발을 읽었는지

배곯은 고양이들이
슬금슬금 돌아보며 떠나가고

방석 위에 앉은
고양이가 되고 싶던, 떼 까치들

>

정겨운 목소리로 남의 불행을
즐기며 휘파람을 분다

부력※

한번,
고래들을 불러 볼까요?

망망대해에서 비린내가 자랍니다
올라갈 사다리가 없어
갑판 위에서 허기를 삽질합니다
고립무원이 배를 채웁니다

말을 잘 듣는 꼬맹이는 버리고
어른만 키워야겠어

바야흐로 바다가 부풀어 오릅니다
벼락같이 고립을 수장시킵니다

섬으로 돌아갔지만
먼발치에서 등을 돌립니다

멀어져가는 선창에서
눈물로 채운 의지를 하염없이
바라봅니다

커튼콜이 아니라 자막이 문제겠지?

진실로 내 편이 필요해

* 영화 제목

절간으로 간 묘공

이를테면,
너를 어둠 속의 카오스라 불렀다

야생의 숲
저잣거리가 쳐둔 경계의 덫에 걸려
촘촘한 길 위
속도를 잃어버린 세 발 불굴의 몸

'넘어져 본 적 없는 자는
흉터를 비웃지 말라' 신조로 삼았다

한쪽 다리를 잃고
거리에서 밀려난 생,
잃은 한쪽 기억을 내려놓을 때쯤
타종 소리에 이끌려 절간 마당으로
들어섰다

길을 혼돈 속에서 밀어내며

허상에 집착하지 말라
큰 스님 공덕경 읽는 소리에 귀 열고
도량에서 공양으로 살아가는
표충사 묘공 보살

목단 옷방

문을 열면
곰삭은 사오기 판재가
재단을 기다리고

정적을 깨운 나한테
한뎃잠 잔 듯한
숲속에 포수의 포즈로
총구를 겨냥한 주인

또박또박 말 뽐을
박음질한다

물 건너온 질감의 작품이라
귀, 하, 신, 몸, 이라고

시장 귀퉁이 허름한 겉모습
있는 듯 없는 듯 무심한데

간판이 쳐둔 거미줄에
먹잇감이 된 듯

나만 홀린 것인가 뒤돌아보니
옷방 혼자 졸고 있다

다크체인지*

창문을 열어놓고
꽃차를 우릴 때 모든 불을 꺼본다

밤이 밝아지고
내가 짙어지는

어둠 속에 고이는 목련 순
깊고 고요하게 밤을 피운다

내가 캄캄해지면
별자리마다 바람이 뜨고
반짝인다는 것을

누군가 고요를 뒤척일 때

찻잔에서 우려낸 나는
어둠의 숨소리마저 더 깊은
봄밤 아래로 가라앉고

제 숨 불살라 새카맣게
그믐을 헹궈내는 목련

* 조명을 끈 다음 장면을 바꾸는 일

업데이트하세요*

고정된 시선은 머리에 귀를 걸어요
사막으로 가야겠어요

낙타의 짐을 견뎌야 해요
저기 지붕 없는 황야의 낙원
거기로 가야만 해요

깨진 얼음 조각을 밟을 거예요
해골이 있을지 몰라요
침묵의 탑이에요

어둠이 내리면
모래를 밟던 소리를 기억할 거예요

바람이 소리 질러요, 모래의 소리를
그는 폭군이고 누구나
믿지 않아요

온 세상 앞에서 나를 가지세요
다른 구원은 바라지 않겠어요

너에게로 가는
나의 문장이여

* 영화 퀸 오브 데저트를 보고 변용

22

늪

넙데데한 암놈이 엎드렸다
등판 위에서 알알이 박힌
피파 개구리알

살갗을 뚫고 새끼들을 내보낸다

형벌을 견뎌낸 늪
오랜 울음을 머금고 엎드린
어미의 비애는 끝날까

물 대신
등을 내어 주는 저의가 있을까

망할,
피멍 같은 업

등짝이 숭숭 뚫리던
산통의 기억이 습한 탯줄처럼
이어져 나오는

물바퀴를 움직일수록
빠져드는 연은 어디까진가
깊이깊이 함몰되는 알집

곁에

없어도 있고
있어도 없는

당신을 잃고 빈방
무시로 폐허가 되고

울음이 갇혀 있는
삭제되지 않는 저편

내 말은
아직도……

그때도
지금도
믿어지지 않아서

건너갈 계절은

그렇게 시작된다

새벽은 얼음 꼭대기에 앉았고
까마귀는 안개 속에 잠겼다

커피잔에 굴절된 노을이
어둑한 슬픔 한끝을 나누고

붙박아 놓은 눈물을
마른걸레로 훔쳐낸다

반쪽의 식탁에서 통증은 시작되고

당신의 농담 밖에서
불가능의 서약을 기억하는 나는

그렇게 시작된다
멜랑콜리를 찾아 헤매는
하이에나의 겨울

어둠과 빛의 간극

새벽은 빛을 몰고 온다는데
처마 아래 그렁그렁
밤새 도둑 비가 숨죽여 울었나

아침이 와도 날이 새지 않는다
어둠은 지척에서
울다가 잠들다가 깨어나다가

혼절 몇 번 끝에
하늘은 더디게 빗장 열어서
가쁜 숨 잦아들고

어둠과 빛의 간극 사이
그렇게 사무치는 그 사이

딱 걸렸다

나만 보면
말을 반토막으로 잘라먹는다
친한 사이도 아니다

오일장 생선가게를 지나는데
눈길이 마주쳤다

와 봐라 와 봐라,

흥정할 사이도 없이
푸릇푸릇한 고등어가
큰 놈으로 척 덤으로
얹히는 좌판

살까 말까 망설일 틈도 없이
검은 봉지 열어 두고
비릿한 바다 손질에 들었다

춘자 어부
정 많은 칼질이 분주하다
구이 한 마리 찌게 한 마리
가르는 배를 기다리는 나는

>
어느새 그물에서 펄떡이는
한 마리 생선
딱! 걸렸다

오월의 멀미

아! 이 붉은 피

여인은 위태로운 가시를 키웠네
라이너 마리아 릴케는 장미에 찔려 죽었을까?
파상풍이었을까

벼랑 끝에 쏟아낸 덧없는 유혹
때론 사랑을 잃게 한다

오월은 피돌기를 하다가
여름의 방으로 흘러가는

오감은 매혹의 향기를 마비시킨다

꽃잎으로 쓰러지는
"장미여, 오, 순수한 모순이여,
겹겹인 싸인 눈꺼풀들 속
익명의 잠이고 싶어라"*

* 라이너 마리아 릴케 묘비명

배웅

자주, 돌부리에 걸렸다
바닥은 일어서려 했지만
아무도 손을 내밀어 주지 않았다
한동안 말문을 닫고
긴 꿈을 꾸었다

새카만 벼랑을 여러 날 헤매다가
유령처럼 깜빡이는 산길을 따라
암자 법당에 들었다
얼룩진 그늘을
노스님은 장삼 자락으로 닦아 주셨다
말 없는 법문이다

낙엽귀근落葉歸根 낙엽귀근 읊으며
산문까지 배웅하신다

붉은 장삼 경전을 펼치며
기울어진 한쪽을 바로 세운다

혼몽한 동녘에서 먼동이 튼다

2부

따뜻한 모서리

온기의 바깥을 살아낸
작은 새

지친 하루를 접어
아득한 허공으로 앉았다

가녀린 외줄 끝자락으로
환한 달이 따라간다

낯선 줄타기는
외롭고 난해한 모서리를
견뎌내는 일

먼 데서 나에게로 오시며
토닥토닥,

괜찮다 걱정하지 말라
마음자리 닦아주시는,

착한 놀이

그림자는 정오를 이고
골목은 골목을 이고

모퉁이의 감정을 알기도 전에
왼쪽을 키워요

꽃밭 언저리 겨울 샐비어에
립스틱 짙게 바르고
유행가 흥얼흥얼 한 소절을
불어 넣어요

절뚝거리는 대문에 푸른 녹을 지우고
설렁설렁 먼저 가 닿아요

거꾸로 처박힌 고양이는
밥그릇을 뒤집어 놓고
눈에 밟힌 폐지를 다독여 놓아요

뒷골목은 정오를 이고
그림자놀이를 해요

딱딱한 오늘을 걸어가며

당신, 늘 거기 서 있는 의미를
부드럽게 스캔해요

마타리꽃

세월의 울타리 안에서
곱게 물들어 가던
마타리꽃이 서럽다

건너온 시간을 봉인한 채
비바람에 후드득 떨어진
꽃잎의 낱장

가을녘 예고 없이 찾아온
공포의 덫에 걸려

잃어버린 행간마다
캄캄한 파열음

늘 거기 쪼그리고 앉아 있는 할머니
늙은 마타리꽃이
지워진 기억을 캐고 있다

할머니와 손두부

밤 새운 어둠을 하얗게 빚어
노점상에 진열해 놓고

조그마한 나무 조각에
할머니 미소 같은 문패

두부 사 가세요, 손두부

비가 오나 눈이 오나
붙박이 삶을 꾸린 햇살 그늘
오래 말랑하다

폭신하고 따뜻한 두부
단단한 보금자리로
시작의 가게를 데웠을

옹이가 된 손 마디 울퉁불퉁
꽃으로 피웠네

동가리 오일장

시끌벅적한 새벽이 눈을 뜬다

비좁은 거리에 장돌림 보따리
큰 몸짓들 오가고

시장 한 모퉁이에
옥이 엄마도 푸성귀 몇 소쿠리
정갈하게 펼쳐놓았다

자식 농사 잘 지어 놓고
남편 먼저 보내시고
소쿠리에 볕 한 줌 얹어 놓은
푸릇푸릇한 노년

쪽 찐 머리에 비녀를 꽂고
놀면 뭐 하노
심심해 세상 구경 나왔다
환하게 웃으시는,

그 봄

물소리 새소리
바람이 골을 타는 소리
빨랫줄 그네가
하얀 광목천을 물들인다

씨 옥수수 마늘 타래
처마 밑에 매달려
조롱조롱 수다를 엮는 흙집

수족 같은 호미 걸어 놓고
한쪽 귀가 먼 아버지와 딸이
깨를 심는 고랑에
아옹다옹 고집을 볶는다

엎질러진 산 그림자에 묻어 둔
한 귀퉁이
고구마 심을 아낙 서넛
일손을 보탠다

그 봄 한 잔에 불콰해진 저녁이
찔레꽃으로 입가심하는
서녘 산골

스쳐가는 길

끝에서 가물가물
골목에 얹힌
손수레가 느릿느릿하게
한낮을 밀며 온다

일찌감치 한쪽 옆으로
비켜선 내게
가까이 다가온 노인

고맙소,
내가 비켜서면 되는데
온화하게 햇살이
등을 밀어주는

기다리던 안부처럼 골목길을
지펴놓고 가신다

노인과 생선

볕 좋은 시절 어느 곳에서
가을을 펼쳐 놓으시다가

바람 불어 스산한 날

동네 어귀 구석진 자리
마른버짐 핀 낡은 트럭 세워놓고
해물을 팔고 있을까

꽁친지 고등언지
어둑해진 가로등 밑에서 오래도록
심해에 젖어 있다

발걸음이 떨어지지 않아
가을 바다 두어 마리 샀다
후줄근한 갈치 눈이 나를
바라본다

고향 무정

'구름도 울고 넘는 울고 넘는 저 산 아래'
잔잔한 리듬은 슬픈 곡조로 흐르고

어디선가 들려오는
애절한 노랫가락 한 소절이
마음을 울린다

어르신 노래 참 잘 부르십니다
노래 들리더나?

내 나이 여든 넷인데 영감이 얼마 전에
하늘나라로 먼저 갔어

사십 년 만에 찾은 고향
옛집은 간곳없고
문전옥답에 허연 동굴만
가득하네

공터로 마실 나온 적적함이
고향 무정으로 채워진다

동행

묵직한 그림자를 밀며
들숨 날숨을 나눠 가진

오랜 날들을 하루같이
걷고 걸으며
제 안에 갇힌 아픈 자식을 지키려는
등 굽은 아버지

밀착한 어깨로
서로의 곁을 데우며
쓸쓸하게 걸어가는 뒷모습

울음이 배어 있는 노을
눈시울이 붉다

소와 가마솥

문간방 삐걱대는 마루 밑
거북이 등껍질로
무쇠 가마솥이 엎혀 있다

왕겨 넣고 풍로를 돌리면
잘 익은 여물이
뜨거운 눈물 줄줄 쏟아내는
허연 겉더께의 혈

오랜 기둥뿌리를 잡아준

늙은 눈망울로 끔뻑이는
암소 한 마리
어진 마구간에 엎혀 있다

손톱여물

어릴 적 그리움
붉게 물들인 열 손가락
손톱에 열꽃이 핀다

보릿짚 수북한 담장 곁에
보리까끄라기를 뒤집어쓴
손바닥만 한 꽃밭
엄마 닮은 봉선화

손톱여물 못난 상처에도
꽃잎 따서 까칠한 마음마저
곱게 물들여 감싸주었던

여름이 오면
연분홍 꽃물이 든다

벼루와 먹

한쪽 모서리가 무너진
닳을 대로 닳은 조그만 벼루와 먹

어머니는 장롱 깊숙이 묻어두었던
한숨을 부려 놓으셨다

가져가거라 아버지 유품이다

당신 몸도 가눌 수 없는데
시집간 딸 불러놓고
묵은 그리움 한 바가지 쏟아내신다

가을 하늘에 고이는 쓸쓸을 섞어
진하게 갈고 있는 새카만 마음

종지

애옥살이 밥상에
섬처럼 떠 있던 짭조름한 맛
칠 남매 일일이 간을 맞춰
키우신 울 엄마

시집간 딸집 첫걸음 때
깨질세라 손수건으로 꽁꽁 묶은
간장 종지 하나 풀어 놓으셨다

삶의 모서리 어루만져 주던
서랍 속 기억을 닦아 보는 날

작고 둥근 종지 속에
자식들을 품었던 고운 숨결 고여 있어
그리움을 매만지다가

흑백 자막처럼 흐릿한
사진 속 엄마 꼬옥 안았네

마음액자

두 손 꼭 잡고
나른한 노부부가
배경음악 같은 오후를 걷는다

걸음의 등을 돌려
하나둘 하나둘
뒤로 걷는 할머니 곁에서
셋 둘 셋 넷
스텝을 맞추며 따라 걷는 할아버지

서로의 곁에 평생을 내어주며
맞추어 왔을 한마음

하나둘 하나둘
유채가 물길을 따라 걷는 강변
저녁노을이 따라붙는

하나둘 하나둘
셋 둘 셋 넷
울 엄마 아부지도 들꽃 꺾어 들고
앞서거니 뒤서거니
수북이 꽃길로 오신다면

허밍의 그늘

느티나무 벤치에
모로 누운 아버지

마른 지팡이
지킴이로 세워 두고

한 서린 노랫가락
허밍으로 장단 맞추네

지그시 감은 시간 너머
그늘의 고독을 안고

구부정하게 부르는 노래
속울음 되어 흐르네

3부

대나무 떼꾼

물살을 가불해야만 완성됩니다

열대는 우기와 우림을 끌고 다닙니다
대를 이을 아들 옆구리에
정글도 한 자루 채워줍니다

힘을 배분하는 일
칼을 잡는 일
한 수 전수합니다

오지, 카도구롱 마을에는
아버지의 오래된 물길은 흐르고
지워지지 않는 강은
흙빛 상처를 남깁니다

수탉이 울음으로 홰를 치고
열 명의 자식과 아내가
복닥복닥 살아갑니다

뗏목의 고비는 고비를 넘기고
떼꾼으로 거듭나는 물길은
물길 위에서 탈피 중입니다

리콜이 문제야

불탄 집이
불의 지문으로 아뜩하다

뒷덜미가 서늘한 심장 박동 소리
울컥울컥 펌프질하는

불벼락을 맞으며
순식간에 화염을 뒤집어썼다

레플리카* 같은
공포의 검은 연기
시뻘건 불기둥이 솟구쳐 오르던

사이렌 소리가 다윗 여럿 불러오고

리콜 왜 안 받았습니까?
불같은 말들이 타올랐다

늦장 대피 방송에
경비의 멱살은 이래저래 내몰리고

화를 내뱉는 화인들

아수라장이 된 부엌

리콜,
네가 문제야

* 모방작

고명으로 얹힌 남자

물을 가득 채우면
수만 개의 낮별이 뜬다

크랜베리 공기주머니에서
색색의 빛깔을 줍는 사람들
땅에서 흙을 퍼올리듯
셔터가 물에서 열매를 퍼올린다

피사체가 되어 둥둥 떠내려가는 남자*
렌즈가 끌어당긴 초점 위에
고명으로 얹혀 있다

건조한 곳에서만 자라는
천연의 빛깔

옅은 구름 그늘로 선명해진
망소 가을 한 점
붉어진 바다 위에 얹힌
빛의 조각들

* 유별남 사진작가

모가지가 길어서

툭, 불거진 의문이다

슬픈 짐승처럼
목을 차고앉은 황동 고리

바람을 타고 오르는
목이 긴 드레곤의 여자로 사는

다섯 살이면 목 둥우리에
친친 링을 올려
늑골과 쇄골을 주저앉히는 족쇄

목젖이 보이도록
웃을 수도, 끊을 수도 없는

늘어나는 목울대에
산통의 피라미드를 두른 여자들은
천년의 무게를 얹은 눈꺼풀이
땅속으로 내려앉는다

뛰고 뒹굴고 노래하는 숲의 눈동자
서럽게 까만 여자아이들

목이 긴 마을에

층층 링을 말아 올린 아침이 오고
모가지가 짧은
어둠의 비애가 찾아든다

잔설

응달에 잔설이 남았다
새하얀 빛이 슬프다

사랑 하나가 거기 웅크리고 있다
고여 있는 눈물 같은

햇살은 자리를 비켜섰다
바람이 불어와 귀띔해 줄 때마다
눈물을 닦는다

다 내어 주고 더 주고픈
빈 나뭇가지 하나
파란 잎이 그리운 봄날을 기다리며
잔설의 이야기를 들어 준다

풍장

축축한 직립의 몇 달

혹한에 백두대간으로 올라가
아가미로 비범한 속을 맵차게 동여맨
깊은 말씀 단호하다

덕걸이 넘나들던 북풍 한파에
대를 이어 동장군이 된 아버지

공중에 매달린 늘그막 등판이
댑바람 견뎌내며
얼었다 녹았다 음각을 새긴다

뜨겁게 우려낸 서릿발 햇살에
바다는 껍질째 꾸덕꾸덕 말라가고

속살 도톰해지면
삼대의 비릿한 한철
당신의 겨울 숨길을 일으킨다

불편과 편안 사이

뾰족이 납작해졌어요
이미 좀 낡은, 나는
불편이 편안해지고
편안이 불편해지기 시작했어요

한 다발 청춘을 서랍에서 꺼냈어요
무채색을 펼쳐 보아요

그때는 자신 있었고
지금은 편안이 불편해요

납작한 키에 편안과 불편을 걸치고 다닙니다

말에도 귀가 있다는 말
자꾸만 동굴 속으로 가네요

네 개의 눈으로 불편을 읽으면서
편안을 찾아요

늙어서 편안합니까?
늙어서 불편합니까?

겨울 새

새벽, 얽힌 난간에
어둑하게 앉은 겨울 새

절박할 때
너도 나처럼 울음통이
커지는 것은

한 조각 얼음이라도 녹이려고
초침을 움직이게 하는 일

나목이 가난한 계절에
새끼의 온기를 찾는 일

한낮 먹이를 찾아
얼음꽃을 떠났다가 다시
돌아오는 날갯짓

울음이 배인 바람도
고단한 숨을 고르네

한살림

부처님을 모신 백모단
빈 항아리 위에서 좌선하며
줄장미로 마른 담장을 키우고
금 간 화분에 대파 꽃을 피웠다

막돌 울타리를 끼고
무리 지은 야생화
장독대 까만 고무신에 웅동자는
빨갛게 물든 발톱을 세우고 있다

기러기로 지붕 삼은 긴 여정
쉬어가라 하늘 붙들어 매고

삭은 대문
감나무 기둥이 되어주는 그늘에서
늙어 눈먼 고양이 엎어져 있다

한쪽 어깨가 빠진 문짝
마당을 기웃거리는데
한살림 차려 놓고 어디로 갔나

인기척을 기다리다

인기척으로 고여 있는 오랜 풍경

오래된 빈집

위양지의 가을

상형문자에 올라앉은
완재정 교각 아래

과거와 현재를 고르는
거북이 살고

수문을 여는 산 그림자에
갈잎이 흐른다

한낮이 쓴 문장을 허물어
어둠을 들고
밤이슬처럼 내리는 숲길

파문을 밀어내는 달
고요하게 걸려네

‘ㄱ’과 ‘ㄴ’

허리가 반이 접힌 둘은
평생 꼭 붙어 다닌다

등 굽은 기역을 밀어주고
니은의 도움을 받아
삶이 진행 중이다

도톰한 보따리들 사이
삐죽삐죽 텃밭이 고개 내밀고

열차에 오를 때는 뒤에 선 사람이
이응의 마음으로
잡아주고 밀어주고 올려준다

청도 댁
낮은 밀차를 끌고 대구역 근처
푸성귀 팔러 간다

봄, 봄이다

실바람 솔솔
졸음을 깨운다. 일어나라

옹벽에 더벅머리 개나리
햇살의 입질에 자지러진다

담장 안에 홍매화
길 건너 산수유

서로가 화답하듯 환하다

대숲 오솔길에 아가씨
백매화 따라 사뿐대고

졸랑졸랑 따라나선
강아지 꼬리에도 봄꽃이
하트로 피었다

왕벚꽃 터널 등불 켜지고
그림자마저 꽃 되는 날
축제는 절정이겠다

그린나래

그늘을 걷는다는 것은
나무의 멍을 밟는 일

바람이 물음을 던지는 날
나뭇잎에 투영된 민들레 홀씨

왜 하필,
그 속에 몸을 옮겨 놓았을까?

서로의 흉터를 감싸 안은 날개 한 겹
너는 높은 곳에서 나는 낮은 곳에서
어디를 날아가든 어디에서 내리든
계절의 내력이 읽힌다

삼백 년 고목이 자화상을 마주한
그린나래 노래다
날아오를 음이 배어있다

허공의 소문

1
마을 공터에
한쪽 날개 꺾인 불구의 비둘기
소문이 자자하다

나무에서 떨어졌다
태어나면서부터 저랬다
먹이를 찾다 돌멩이에 맞았다

슬픈 생존의 바닥 도처에
외날개 위험이 도사리고 있다

2
그녀는 왜 창문 밖으로 몸을 던졌을까

인테리어 해 놓고
살림살이 새것으로 장만해 놓고
오손도손 부부가 잘살 일만 남았는데
공사 소음으로
한마디씩 불평을 했다
이웃들의 원성이 심했다
뾰족뾰족 말들을 견뎌내지 못한 걸까

다른 이유가 있을까

얼굴도 이름도 모르는 그녀
소문을 휘젓고 다닌다
마을 공터 풍문을 부풀리고 다닌다

겨울 연지蓮池

천년이 지난 미라
전설의 씨앗을 품고 있어

천개의 숨결을 피워내고
꽃대를 고르는

차가운 바닥에서
남루한 자신을 꺾으며
구도의 길에 들었다

가장 낮은 곳으로 흐르는
숭고한 몸짓

향기를 지니지 않고도
맑음이 고여 든다

말이 새는 남자

시끌벅적하다
떼창도 아닌 횡설수설을
다급하게 밀고 온다

바다가 튀어 오르고
멸치 떼가 출렁이고
물고기가 흩어지고

삿대질을 호주머니에 찔러 넣자
불만이 지나가고
남자의 해일이 지나갔다

시도 때도 없이
수평선을 몰고
소란을 운명처럼 펼치며

어딘가에 심어 놓은 듯
대답 없는 이름을 불러대며
선창가를 방황한다

4부

현상금 백 년*

시계를 만든 사람이
시간을 잃고 죽었습니다

심장은
마비라는 유효 기간을
기억해 낸 것일까요?

시간이 화폐인 우주
백 년을 가진 자를 수배 중입니다

몇백 년 몇천 년을 거닌 슈퍼리치들
영생을 가지고 살고
가난한 이들은 하루를 벌어
하루를 살고

버스 요금 2시간
커피 한 잔 4분

일 년 유예하고
유예한 일 년을 계산할 수 있습니다

은행을 털었습니다

훔친 삶이 흘러오는 곳
시간을 빼앗고
시간을 팝니다

시간을 벌지 못한다면
유예됩니다

* 인 타임 영화를 보고 나서 변용

미스 라일락

사각이 놓여 있다
안이 꽃을 피울 것이란 건
누구도 말하지 못한다

잡초라고
말라 사라질 거라고
밀랍이라고

무심한 눈길은
꽃이 될 거라고 말하지 않는다
쓰다가 떼어낸 조화라고
불가능할 거라고

목격자 의견 분분한 그 사이
내가 본 건 겨울 삽화
누가 버린 뒷골목
그래봤자
좁아질 테지만
계절 멀리 걸어갔다

얼음이 꿈틀거리고
미스김 라일락 노래가
시작되었다

골목시장

골목에 들면
빈 점포에서
길고양이 굴곡진 우울을 마중 나오고

상점 한켠 오밀조밀 간판들
조롱조롱 불 밝히는 보리등
헐거운 하루를 미닫이로 걸어 잠그는
참기름 집 주인

벽에 붙은 전단을 읽으며
모퉁이를 휘돌아 나오는 빗방울
미로 속으로 흩날리고

우산 속에서 서다가 걷다가
이웃들이 어깨를 겯는
흑백 사진 같은 길에 스며들면
마음 금세 다잡아진다

4월엔 비가 내리고

잎새 달이 비에 젖고
빗방울도 꽃 되는 날
연둣빛 여린 나뭇잎에 앉아
젖어 있는 꽃바람

왕벚꽃 터널 꽃잎 화르르
작은 연지에 수를 놓으니
명자꽃에 맺힌 성근 물방울
동박새 숨어 놓고

대숲 건너 단풍나무
봄비 속에 곱기도 하여라

땅이 밀어 올린 싱그러운 숨소리
월곡역사공원의 봄
빗소리에 깊어져 간다

까마귀의 방

아이들이 방안에 닫혀 있다

기웃거리던
몇 개의 계절이 지나가고
불리던 검은 날개를 날려 보내야겠다고
방문을 열었다

용기를 내셨습니까?
약은 이제 먹지 않아도 되겠어요
결과가 아주 좋습니다

깊은 암막 커튼을 걷고
꽃 환하게 피워보세요

까마귀의 왜곡
어둠의 왜곡이 있어 창가에
처방으로 받은
해바라기 씨앗을 심었다

블랙홀 그믐이
노란 싹을 피울 것이다

나

푸석한 겨울을 날 때
담쟁이가

홍매화를 옥죄고
있었다

농담처럼 던진 말
너도 내 신세 같구나

살다가 봄 드니
꽃도 철들더라

기어이 벙글더라

드무

상처를 꿰매고도 단단하여
오래도록 물이 새지 않은

유년의 달 우물

문간방엔 소여물이
부엌엔 따순 밥이 익어가고

아랫목에 옹기종기 칼잠 자는
정지문 틈 사이로

밤이면 밤마다 우렁각시
드무 뚜껑 여닫는 소리

아슬하게 출렁이며
드무 가슴으로 고개 넘나들던
아버지 어머니

우화의 범위

절창을 듣느라 여름이 갔다

습기에서 알을 낳던 엊그제
땅속으로 칠 년 거기까지
골똘해졌다

매미의 한살이
산실이 터져야만
안을 내려놓고 바깥을 얻는

벗은 등으로
공동묘지처럼 붙박여

기댄 자리마다 곡소리 없이
고요에 들었다

우화의 계절이 치열하게
파생되어 오는 소리는
거기까지

도리뱅뱅

바삭 파티
노릇노릇
뱅뱅이를 속기하며
어머나! 어머나!
빙 둘러앉은
빙어들
도리뱅뱅이
수삼
고추장
당근
붉은 고추
대파
참이슬
민물 한잔
요리조리 허공을 돌려가며
도리도리 얼음꽃 피운다
언 강물 한 접시
파닥거린다

바람의 시詩
― 겨울장미

바람을 건너온 강
사위어 가는 나를 한 겹씩 넘기며
낡은 문장을 새기기 시작했다

그대로 꽃인, 그때 봄
눈길이 수북한 입술에 와 닿을 때
시들지 않으리라는 하얀 거짓말

민낯을 물어다 놓은 새벽
붉은 경전이 박제된 향기를
간직하고 있어

붉은 향기를 간직한 경전을
처음 봤다며

잔설은 시詩의 영혼을 입고
설화가 되었네

구천리 정승골 이야기

정승골 아랫마을에 사셨다는 구십이 다 되신 할머니

– 나물 캐러 정승골 가는데
– 굽이굽이 돌아서 가야 하는데

참 내 배기, 큰 모독 수 나무, 마당지 공동산, 이 씨 바탕
세미 약수
마지막 굽이 당고개 여기서 다시 정승골 내려가려면
서른 세 고개를 또 넘어야 했어

산속에서 동무들하고 밥을 먹을 때 큰 방구*에서
물이 졸졸 새어 나와서 만개 이파리 받쳐 놓으면
물이 고여 숟가락으로 떠서 먹었고

모심기하는데 보니 도랑물을 바가지에 담아서
모를 담그고 모가 동동 뜨면 그것을 손으로 갈라서 심데

아낙들이 검은 치마에 흰 저고리를 입고
앞치마를 두르고 다니는 것도 봤는데

그 당시 마을 사람들이 몽땅
어디론가 잠시 사라졌다가 나타났거든 왜 그런지는 몰라

난리가 났다 하기도 하고

골이 너무 깊어 손바닥만 한 하늘만 보여
산 만데이 올라가면 저 멀리서 허옇게 뭣이 보였는데
그것이 낙동강 물이라 하데

간짓대로 이 산 저 산 걸치면 빨래 널겠다고도 했거든
해가 너무 빨리 져서 어둑해지면
아부지가 항상 마중을 나왔어
아부지가…

소싯적 이야기를 풀어내시다가
한참을 감회에 젖어 계신다
한고비 넘을 때마다 잠시 숨을 돌렸다는 할머니
오래된 빛바랜 일기장은 다시 서랍으로 들어가
봉인되는 순간이다

* 바위의 경상도 방언

깻묵 경전

삶이 헐렁해지고
고달플 때

내 안에 늘 참기름
냄새가 번진다

깨 볶고
고소한 눈물 짜는 일
밑거름이 되어 준

당신의 등 굽은 세월
그 사랑

나의 안식처는
묵은 서랍 속 어머니

유월의 벤치

잎의 유월 사이
푸른 바람 일렁일 때
숲 그늘에 앉으면
익어가는 청보리 코끝을 스치고

고독이 집을 짓는 아득한 시간에
무시로 안부가 그리울 때

장밋빛 노을 지평선에서
섬처럼 떠 있듯
지독한 여름꽃 향기 쏟아지고

나는 파라솔을 접듯

유월의 언덕*을 접어
외로운 이유나 물어봐야겠다

* 노천명의 시

골목의 감정

옛날이 걸어 나와
앉아있을 것만 같다
양철 대문에 기대
졸고 있는 녹슨 의자

낯선 사람 물끄러미 응시하는
지붕 위 묘공은
주파수를 곧추세운다

전깃줄이 얽혀 있는
담장 곁 생의 불빛
오이꽃 언저리 밝히고

골목은 옛 바람을
아날로그로 구겨 넣고 있다

나의 사원

너는 한결같이 침묵하며
훌쩍 떠났다가 돌아와도
습관처럼 바라보기만 했지

강물의 맥박처럼 출렁이거나
낡은 열꽃의 상처에서
기억이 짓무르거나

내가 고백할 무렵은
눈시울이 붉어진 석양이
의자를 꺼내 놓지

가볍지 않은 내 허물 아득한데

강언덕 큰돌 벤치
늘 낮은 등을 내어주지

옹이 부처

고목에 핀 꽃
그 눈물 고요히 들여다보면
마음의 변방 그늘 속 페이소스
어느새 따뜻해지는

오랜 몸 흔들어
바람의 길 번뇌도 미움도 비운
중생의 마음 가만가만
어루만진다

어느 가슴엔들 옹이 없으랴
문신처럼 새긴 아픈 것들
감싸 안지 못하고
무엇을 읽어낸단 말인가

자연의 섭리
그 경전 앞에서 한없이 작아지는
처처 불이라 했던가 이 세상
나 말고 다 부처인 것을

따뜻한 모서리의 고백록
― 민정순, 『따뜻한 모서리』

배옥주 문학평론가

따뜻한 모서리의 고백록

― 민정순, 『따뜻한 모서리』

"어떤 예술 작품의 가치는 암시된 감정 자체의 풍부성에 의해 측정된다."

― 베르그송 Henri Bergson

배옥주 문학평론가

1. 애잔한 들숨과 평화로운 날숨

모서리 뒤편에서 써내려간 민정순의 고백록을 펼친다. 디카시를 쓰는 시인이 들려주는 목소리는 피사체들의 순간을 렌즈에 담아둔 사진처럼 선명하다. 순수서정으로 투사되어 기록된 빛과 어둠의 대비가 애잔한 들숨과 평화로운 날숨으로 직조되어 있다. 민정순은 우연히 대상을 만나는 순간 사유를 향해 주의력을 집중시킨다. 이때 시적 대상에 대한 주의력은 정확하게 인식하는 순간을 시로 포착하는 힘으로 발현된다. 민정순의 시는 하찮은 사물 하나에도 생명을 부여하는 근원적 질서가 외롭고 높고 쓸쓸한 정서로 표출된다. 그녀의 그늘진 내면을 희디흰 그리움으로 채우는 꽃술 앞에서 '가난하고 높고 외로운' 시성詩性을 지닌 '백석'을 떠올린다. 늙은 어머니와 사랑하는 이를 읽어내는

'흰 바람벽'(「흰 바람벽이 있어」)처럼. 시의 본질이 성정性情에 있다면 민정순 시의 성정은 필시 순조로운 의지에 닿아 있을 것이다.

시인이 체험한 일상은 타인에 대한 보편성을 획득한다. 민정순의 시는 자신의 감정 안에서 홀로 써내려간 뜨거운 흔적들이다. 그녀의 고백록은 하잘 것 없는 대상과 조응하는 사랑의 힘이며, 체념할 수 없는 마음들이 써내려간 세월의 기록이다. 민정순의 시세계는 대상의 과거부터 미래까지 감싸 안는다. 그래서 그녀가 건너온 시의 연륜에 손이 닿으면 금세 따뜻해진다. "진실한 사람의 마음은 언제나 평화롭다"는 셰익스피어William Shakespeare의 말처럼 그녀가 그려내는 시의 손금 안으로 들어서면 월구月邱의 평화와 마주하게 된다. 민정순이 지향하는 감정선은 "온기의 바깥을 살아내는 작은 새"가 되기도 하고 "어릴 적 그리움을 소환"해 "연분홍 꽃물"에 들기도 한다. 때로는 손수레를 끄는 할아버지를 위해 "일찌감치 비켜"서 있거나, 새벽녘 "고압선 난간"에 앉은 겨울새를 지켜보며 조용히 "숨을 고르"는 바람이 되기도 한다.

시인의 소소한 기억들 속에서 진실을 승화하는 미적 인식을 만날 수 있다. 비어있되 가득하고 그윽하게 쓸쓸한 그 마음의 공간에는 미처 보내지 못한, 아직은 보낼 수 없는 그리운 숨결로 가득하다. 문장 곳곳에 꾸욱, 꾹 눌러 담은 그리움의 이미지가 어느날 문득 떠나버릴 꽃무더기임을 알기에 여운이 더욱 깊다. 가을하늘에 "쓸쓸을 섞어 진하게 갈고 있"는 벼루와 먹의 새카만 마음에 귀 기울이면 민정순의 고백을 들을 수 있다. 그 목소리에는 떠난 것들을 불러 세우는 희디흰 쓸쓸함이 배어 있다.

탈현대를 지향하는 이성의 시대. 다시 서정으로 돌아가려는 시의 움직임이 활발하다. 서정적 감성이 유려하게 이어지는 민정순의 시는 전위적인 시를 밀어내고 편안한 시세계를 지향한다. 시에서 절제되지 않는 감상주의나 친절한 화자 개입은 독자의 상상력을 침범하여 시의 탄력이 떨어질 수도 있지만, 그녀의 시편들은 시적 일상의 진정성이 질서 있게 배열되어 있어 자칫 느슨해질 수 있는 긴장감의 여백을 순순히 풀어낸다. 시인의 체험으로 이루어진 감각적 시세계는 누구라도 선뜻 다가가 만져볼 수 있어서 편안하다.

2. 우리들의 사원을 포용하는 시선

민정순의 시세계로 들어가면 외로움에 흠씬 젖는다. 그녀의 시세계는 사회를 비판하는 현실 참여의 복잡한 세상을 기웃대지 않을뿐더러, 능숙한 언어 기교를 자랑하거나 충격적 정황으로 우리를 놀래킬 마음은 더더욱 없다. 다만 시인은 작은 생명과 진리의 싹이 움트는 작은 꽃밭을 돌보며 이웃과 더불어 자신의 시세계를 확장해나간다. 민정순의 시에서 표출되는 평범한 일상에서는 보편성의 힘을 노정하는 정신적 가치의 고귀함을 발견할 수 있다. 특히 시인이 지향하는 정신적 가치의 본성은 공동체를 감싸 안는 정체성을 보여준다. 소소한 일상을 탐구하는 감각적 서정성은 가족이나 생활 속에서 마주치는 사람들로 형성된 공동체를 중심으로 전개된다. 시인은 우리들의 사원으로 초대한 이웃 모두에게 무한 애정을 쏟아낸다. 어쩌면 시인은 '우리들의 사원'을 펼쳐두고 자신의 외로운 심경을 위무하고 싶은 것인지도 모른다.

민정순의 시는 구석진 곳을 채우거나 흐린 곳을 밝히는 긍정의 힘을 배태하고 있다. 시인의 시선은 울퉁불퉁한 손마디에 세월을 입은 채 '손두부를 파는 할머니'나, 구석진 동네 어귀에 세워둔 트럭에서 손님을 기다리는 '생선장수 노인의 팔리지 않는 생선' 또는 늘 그 자리에서 지워진 기억을 캐고 있는 '치매 걸린 할머니'를 향한다. 이처럼 '손수레'가 지나가도록 골목 끝에서 오래 "비켜설" 줄(「스쳐가는 길」) 아는 시인의 지향점은 아프거나 쓸쓸한 것들을 돌아보고 배려하는 근원으로 향한다. 다음의 시「마타리꽃」에서는 공동체의 울타리에서 내미는 손길을 잡을 수 있다.

세월의 울타리 안에서
곱게 물들어가던
마타리꽃이 서럽다

건너온 시간을 봉인한 채
비바람에 후드득 떨어진
꽃잎의 낱장

가을녘 예고 없이 찾아온
공포의 덫에 걸려

잃어버린 행간마다
캄캄한 파열음

늘 거기 쪼그리고 앉아 있는 할머니
늙은 마타리꽃이
지워진 기억을 캐고 있다
　― 「마타리꽃」 전문

　'마타리'는 들판을 노랗게 물들이는 여러해살이 풀이다. 노란 마타리는 여름이면 산과 들로 번져가는 야생화로 생명력이 강해서 잘 자란다. 시인의 시선은 "늘" 같은 자리에 "쪼그리고 앉"아 "지워진 기억"을 캐고 있는 할머니에게로 향하고 있다. "세월의 울타리 안에서 곱게 물들어가"던 늙은 마타리꽃은 점점 사위어가는 할머니를 대신해 서러운 생명체의 이미지로 형상화된다. 시인의 눈에 포착된 할머니는 "예고없이 찾아온 공포의 덫" '치매'라는 세월의 "비바람"에 삶의 "낱장"마저 "떨어"진 모습을 보여준다. 그래서 잃어버린 생의 행간마다 "캄캄한 파열음"으로 가득하다.
　치매는 마음이 지워지는 정신적 추락을 의미하며 일상생활을 이어나가기 힘든 상태가 된다. 치매는 병을 앓는 당사자뿐만 아니라. 가족에게도 치명적인 고통을 주는 무서운 질병이다. 시인은 늘 같은 그 자리에서 잃어버린 기억을 캐내듯 호미질을 하고 있는 치매 할머니를 자주 보게 된다. 그 모습을 볼 때마다 늘 같은 자리에 같은 시간을 뿌리내리는 마타리꽃을 떠올린다. 저 할머니에게서 가정을 이루며 자식을 키우고 강하게 한 세상을 지켜온 우리의 어머니를 떠

올렸기 때문이 아닐까? 야생으로 자라는 마타리꽃이 들판에서 꽃대를 뻗어가는 모습은 할머니가 "지워진 기억을 캐"기 위해 시간을 뻗어가는 모습과 대비된다.

　이 시는 마타리꽃과 치매 할머니가 오버랩되는 이미지를 통해, '캄캄한 파열음'을 캐고 앉아 있는 마타리꽃이 될 수도 있을 우리들의 미래에 대해 상념에 젖게 한다. 시인의 시선은 타자에게로 향하고 있다. 다음 시편들에서도 타자를 향해 나아가는 시인의 성정과 깊은 시세계를 발견할 수 있다. 민정순 시세계에서는 일상에서 발견하는 생명의 진리를 또 다른 일상에게로 옮겨간다. 아래의 시편들에서는 노점상에서 '손두부를 파는 할머니'와 얼굴도 이름도 모르는 그녀와 이웃인 '옥이 엄마'의 서사가 펼쳐진다.

　　밤새운 어둠을 하얗게 빚어
　　노점상에 진열해놓고

　　조그마한 나무 조각에
　　할머니 미소 같은 문패

　　두부 사가세요 손두부

　　비가 오나 눈이 오나
　　붙박이 삶을 꾸린 햇살 그늘
　　오래 말랑하다
　　－「할머니와 손두부」 부분

그녀는 왜 창문 밖으로 몸을 던졌을까

(중략)

얼굴도 이름도 모르는 그녀
마을 공터 소문을 휘젓고 다닌다
―「허공의 소문」 부분

오일장 한 모퉁이에
옥이 엄마도 푸성귀 몇 소쿠리
정갈하게 펼쳐 놓았다
쪽진 머리에 비녀를 꽂고
놀면 뭐 하노
심심해서 세상 구경 나왔다
환하게 웃으시는,
―「오일장」 부분

   시인은 손두부를 파는 할머니의 붙박이 자리에서 "두부 사가세요 손두부"라는 나무 문패를 본다. 언제나 그 자리에서 손수 만든 손두부를 팔아 사각의 가계를 이끌어나갔을 울퉁불퉁한 손마디를 "꽃으로 피었"다는 이미지로 형상화한다. 아무렇지 않게 지나칠 이웃의 모습에도 시인은 손을 내밀어 그들의 배경이 되기를 자초한다. 시인의 심사는 "낮은 밀차를 끌고 대구역 근처로 푸성귀를 팔러가는 '청도댁 할머니'에게로 이어진다. 푸성귀를 담은 밀차와 기차에 오르는 '청도댁 할머니'를 뒤에서 앞에서 밀어주고 올려주는 마음이 담긴 '이응' 속에는 타자와 약자를 편견 없이 포용하는 시인의 둥근 자세가 담겨 있다.

시인의 내면 깊숙이 흐르는 여린 성정은 다음 시 「오일장」에서도 이어진다. '옥이엄마'는 이웃이다. 시인은 장날 어느 "모퉁이"에서 옥이엄마를 만나게 된다. 옥이엄마는 남편을 먼저 보내고 장성한 자식들을 독립시킨 후 "푸성귀 몇 소쿠리 펼쳐놓"고 장터에 앉아 있다. "쪽진 머리에 비녀를 꽂"은 정갈한 모습의 옥이엄마는 "심심해서 세상구경 나왔"노라며 시인을 반긴다. 시인은 "볕 한줌"씩 얹어놓은 옥이엄마의 소쿠리를 보며, 옥이엄마의 모습 속에 투영된 자신의 모습을 발견한다.

「허공의 소문」에서도 시인은 "한쪽 날개가 꺾"여 '불구가 된 비둘기'에 대한 소문으로 말문을 연다. 비둘기는 왜 한쪽 날개가 꺾인 걸까? "나무에서 떨어졌"거나 "태어나면서부"터 불구이거나, 먹이를 구하려다 "돌멩이에 맞았"다는 등 무성한 풍문이 떠돌아다닌다. 우리가 살아가는 "슬픈 생존의 바다 도처"에는 예견할 수 없는 "위험이 도사"린다. 그래서 삶은 더욱 흥미진진하다. 하지만 불현듯 덮쳐오는 공포스런 사건들 앞에 서면 연약한 인간의 실존에 대해 돌아볼 수밖에 없다.

비둘기 사건은 "그녀"에게로 전이된다. 시인은 "창문 밖으로" 투신한 그녀의 비보를 접한 후 착잡한 심경이 된다. 사실 시인은 '그녀'와 생면부지의 관계다. 풍문으로 '그녀'의 소식을 전해 들었을 뿐이다. '그녀'는 "인테리어"도 하고, "살림살이도 새 것으로 장만해놓"고 부부가 잘 살 일만 남은 사람이라 생각하기에 갑작스럽게 몰아친 불행이 믿기지 않는다. 다만 "공사로 인한 소음으"로 이웃과의 갈등이 있다는 이야기를 들었지만, 무슨 연유일지 시인은 도무지 이해할 수 없어 '그녀'가 놓친 행복한 시간의 여운을 곱씹어 본다. 그래서 시인은 "마을공터 허공을 휘젓고 다"니는 소문에 걸어둔 안타까운 시선을 거두지 못 하는 것이다.

이렇듯 시인이 바라보는 시선은 불구이거나 약하거나 여린 타자를 향한 포용과 배려의 시선으로 집약된다. 사람 냄새 물씬한 구배기의 정 넘치는 할머니와(「구배기에 가면」), 골목시장 참기름집 할머니를 통해 흔들리는 마음 자락들을 다잡아 빈 자리를 채워준다(「골목시장」). 또한 시인은 좁은 골목에서 손수레를 밀고 오는 노인을 위해 한켠 자리를 비켜 기다려주는 배려를 잊지 않는다. 그들이 주고받는 고맙다는 인사가 골목길을 환하게 지펴줄 수 있는(「스쳐가는 길」) 이유는 시인이 한 걸음 뒤에서 자신의 내면을 바라볼 수 있는 대자존재이기 때문이다. 타인을 향한 온화한 시선을 일체유심조의 마음으로 지켜나가는 시인의 모습이 아름답다.

3. 동행하는 내 안의 사원

가족은 서로의 삶에 지대한 영향을 끼치는 존재다. 전통적인 의미에서 가족은 동일한 공간에서 의식주를 해결하며 일체감을 형성하는 친밀하고 상호의존적인 운명공동체다. 가족은 동고동락하며 서로 의지할 수 있는 큰 힘을 제공하는 존재이므로 갑자기 이별과 맞닥뜨릴 때, 엄청난 상실감에 빠지게 된다. 대체적으로 현대시에 등장하는 가족은 가족 이데올로기 속에 배치된 비정상적인 관계로 내적 갈등을 형상화되는 경우가 빈번하게 등장한다. 가족공동체가 붕괴되는 부정적 인식의 가족 모티프가 더 자극적인 소재로 사용되어 온 것이다.

하지만 민정순의 시에 등장하는 가족공동체는 결이 다르다. 시인의 사원에 깃든 가족 공동체는 보편적인 정서와 그리움으로 가득하다. 이는 가족에 대한 상실감에서 비롯되는데, 그녀의 연출무대에는 '부모님과 남편'을 잃은 상실감의 심경이 절절이 녹아 있다. 민정순은 오래도록 물이 새지 않는 유년의 물항아리 '드무'를 잊지 못 한다. "유년의 달우물" 속에는 숨찬 가슴으로 고개 넘나들던 어머니와 아버지가 출렁이고 있기 때문이다(「드무」). 민정순이 시 속에 풀어놓은 생언어들은 굳이 숨길 것 없는 모든 심사가 솔직한 서정으로 표출된다.

　　　없어도 있고
　　　있어도 없는

　　　당신을 잃고 빈방
　　　무시로 폐허가 되고

　　　울음이 갇혀 있는
　　　삭제되지 않는, 저편

　　　내 말은

아직도⋯⋯

그때도
지금도
믿어지지 않아서
―「곁에」 전문

너는 한결같이 침묵하며
훌쩍 떠났다가 돌아와도
습관처럼 바라보기만 했지

강물의 맥박처럼 출렁이거나
낡은 열꽃의 상처에서
기억이 짓무르거나

(중략)

강언덕 큰돌 벤치
늘 낮은 등을 내어주지
―「나의 사원」 부분

　"내 말"은 그때처럼 지금도 "믿어지지 않"는다. "당신을
잃"은 세상은 "빈방"이며 "폐허"로 변해버렸다. 곁에 있어
야 할 당신은 먼저 떠났고 시인은 울음이 삭제되지 않는 "저
편"에 갇혀 있다. 당신을 먼저 떠난 보낸 시인은 있는 그대
로의 솔직한 감정으로 자신의 심상을 형상화하고 있다. 한

지붕 아래에서 함께 생활하며 강한 일체감이 형성된 가족의 중심에 있던 당신이 어느날 문득 사라질 때, 닥쳐오는 상실감과 불행은 가족이 얼마나 긴밀하게 상호 의존하는 공동운명체인가를 다시 확인하는 계기가 된다. 그래서 '당신'은 "있어도 없고 없어도 있"는 시인의 '곁'이 되어 영원히 함께 한다. 얼마 전에 영감을 먼저 보냈다는 여든 넷 할머니가 적적할 때마다 부른다는 '고향무정'을 들으며(「고향무정」), 시인은 그 적적하고 애절한 노랫가락에 자신의 마음을 얹어 허전한 심정을 달래는 것이다.

　나의 사원에는 "늘 낮은 등을 내어주"는 "강언덕 큰돌 벤치"가 있다. 시인이 떠났다가 돌아와도 언제나 그 자리에서 바라봐주는 존재다. 시인은 늘 같은 자리에서 낮은 등을 내어주는 벤치처럼 '당신'이 자신과 함께 한다는 것을 믿는다. "눈시울 붉어진 석양"이 꺼내주는 의자에 앉아 조용히 '당신'을 느낀다. 시인에게 '잔설'로 남아 있는 "오랜 사랑 하나"가 눈물처럼 "고여 있"는 것이다(「잔설」). 시인이 에둘러 말하지 않고 정직하게 드러내는 그리움의 정서는 부모님 또한 마찬가지다.

　　느티나무 벤치에
　　모로 누운 아버지

　　마른 지팡이 세워두고
　　깊숙이 한 서린 노랫가락
　　느린 허밍으로 장단 맞추네
　　－「허밍의 그늘」 부분

아픈 자식을 지키려는
등 굽은 아버지

한쪽 어깨를 밀착하여
서로의 곁을 따뜻하게 데우며
나란히 걸어가는 뒷모습
　－「동행」 부분

어진 암소 한 마리
늙은 마굿간에 엎혀 있다
　－「소와 가마솥」 부분

　시인에게 부모님은 서로의 곁을 데우며 동행하는 존재
다. 시인은 어머니가 주신 아버지의 유품 '벼루와 먹'을 보
며 "쓸쓸을 섞"어 새카매진 마음을 진하게 갈아본다.(「벼루
와 먹」) 아버지의 유품을 전해주던 가마솥 같고 어진 암소
같던 어머니는 "묵은 서랍 속"에 참기름 냄새로 번져 있다.
시인의 영원한 "안식처"(「깻묵 경전」)인 어머니는 생명의
원형과 연계된 상징성을 갖는다. "두 손 꼭 잡"고 걸어가는
"노부부"를 보며 시인은 "울 엄마 아부지도 들꽃 꺾어들고
꿈으로 오"시기를(「마음액자」) 간절히 소망해본다.

4. 더 낮은 자리의 괴로움까지도

시에서 드러나는 내면의식은 오랜 시간 쌓인 시인의 삶을 직·간접적으로 보여준다. 시인의 시선은 바닥 더 아래의 낮은 곳까지 샅샅이 보듬는다. 그녀의 생은 상처 입은 생명들을 보살피는 따뜻한 모서리로 둘러싸여 있기 때문인지도 모르겠다. 생명이 있는 것은 미물이라도 혼신의 마음을 나눌 줄 안다. 시에 등장하는 동물들을 대하는 시인의 진심을 통해 그녀의 타고난 온정을 느낄 수 있다. 다음의 시 쟁퉁이 까치에 시인의 심성이 잘 드러난다.

까치들이
미처 떠나지 못한 고양이
한 마리를 쪼아댄다

은행나무와 동거하는 뒷골목 발소리에
휙 돌아보던 까치는
나무 위에 휘파람을 걸어 놓는다

고양이를 자식처럼 돌보는
이층 캣맘,

새끼를 낳으면 반기를 드는
전단 뒤로 숨어들고

늘어나는 고양이 비린내에
나붙은 붉은 깃발을 읽었는지

배곯은 고양이들이
　　슬금슬금 돌아보며 떠나가고

　　방석 위에 앉은
　　고양이가 되고 싶던, 떼 까치들

　　정겨운 목소리로 남의 불행을
　　즐기며 휘파람을 분다
　　　－「쟁퉁이 까치」전문

　　요즘은 길고양이의 개체 수 증가로 인해 배설물이나 악취 소음 등의 심각한 문제로 골머리를 앓는 사람들이, 캣맘의 고양이 돌보기를 반대하는 목소리가 높아지고 있다. 유기 동물 보호로 인간과 동물의 공존과 공감대를 주장하는 사람들과 개체 수 증가로 인한 문제를 해결하지 않는 한 유기 동물과 인간의 공존은 피해만 늘뿐이라는 주장이 팽팽하게 대립하고 있다. 위 시는 그런 문제들로 인해 고양이를 돌보는 캣맘의 먹이주기가 줄어들고 배곯는 유기고양이들이 하나둘 떠나가는 서사가 진행되고 있다. 고양이 한 마리가 길고양이 가족을 따라 미처 떠나지 못 하고 남겨져 있다. 남겨진 고양이 한 마리가 쟁퉁이 까치에게 쪼이며 공격당하는 모습을 통해 고양이의 처지를 안타까워하는 시인의 성정이 오롯이 드러난다.
　　한때 이 고양이는 고양이를 자식처럼 돌보는 캣맘의 온정으로 방석 위의 따뜻한 삶을 살아왔다. 그런 고양이의 삶을 보며 부러워했던 까치는 내심 배 아팠는지, 혼자 남겨진 고양이의 불안한 처지를 즐기며 휘파람까지 불어재낀다. 쟁퉁이까치의 심술을 걱정스런 시선으로 바라보는 3인칭 관찰자 시점의 화자는 평정심을 유지하려 애쓰지만 문장을 다스리는 언어 곳곳에 안타까움이 묻어난다. 물론 한때 고양이는 캣맘의 지극한 보살핌을 받으며 방석 위의 삶처럼 안락했지만, 그 시간을 지나왔다 하더라도 남겨진 고양이의 신세가 애처로운 것이다. 그래서 남의 불행을 즐기며 즐거운 목소리로 휘파람을 부는 까치에게 한 마디 전하고 싶어 하는 시인의 심사가 잘 이입되어 있다. 이런 시인의 정서는 다음의 시「절간으로 간 묘공」에서도 잘 나타난다.

이를테면,
너를 어둠 속의 카오스라 불렀다

야생의 숲
저잣거리가 쳐둔 경계의 덫에 걸려
촘촘한 길 위
속도를 잃어버린 세 발 불굴의 몸

'넘어져 본 적 없는 자는
흉터를 비웃지 말라' 신조로 삼았다

한쪽 다리를 잃고
거리에서 밀려난 생,
잃은 한쪽 기억을 내려놓을 때쯤
타종 소리에 이끌려 절간 마당으로

들어섰다

길을 혼돈 속에서 밀어내며

허상에 집착하지 말라
큰 스님 공덕경 읽는 소리에 귀 열고
도량에서 공양으로 살아가는
표충사 묘공 보살
ㅡ「절간으로 간 묘공」 전문

　위 시의 묘공은 세 발의 불구다. 로드킬은 아니지만 "저
잣거리가 쳐둔 경계의 덫에 걸"려 상처를 입었기 때문이다.
남들보다 다리 하나가 적은 묘공은 타종소리가 이끄는 표
충사 마당으로 들어서게 된 것이다. 불구의 묘공은 큰 스님
공덕경 소리로 업을 씻어가는 보살이 되었다. 절간에서 살
아가는 세 발의 고양이를 화자는 "어둠 속의 카오스"라 부
른다. 고양이가 겪었을 혼돈의 세계는 인간이 겪고 있는 카
오스와 다를 바 없다. "넘어져 본 적 없는 자는 흉터를 비웃
지 말라"는 다리가 부족한 불구의 고양이가 얻은 흉터가 앞
으로 고양이가 살아갈 힘의 원천이 될 수 있다는 것을 깨우
쳐준다.
　불교의 세 가지 보편적인 진리 중 첫 번째 진리인 '괴로움
의 진리'에서 고통은 욕망에서 비롯된다. 가질 수 없는 것
을 원할 때 괴로워지지만, 고통의 실재를 인정함으로써 애
착과 욕망을 버린다면 만족의 상태로 나아갈 수 있다. 시인
은 절간의 불경을 공양으로 삼아 살아가는 불구의 묘공을

통해, 더 가지지 못해 갈급하는 인간의 욕망을 돌아보게 한다. 세 개의 다리로도 혼돈의 길을 밀어내며 "허상에 집착하"지 않고 '공덕경'에 귀를 여는 고양이와, 먹을 만큼만 먹이를 가져가는 체로키족 원주민의 양심처럼 우리도 허상의 집착을 버리고 비우며 살순 없을까. 넘어지고 깨어지면서 만나게 되는 상처의 흔적을 자랑스러운 신조로 수용한다면, 지금처럼 "묻지 마 칼부림" 앞에 억울하게 쓰러지는 피해자의 모습을 무력하게 바라보지 않아도 될 것이다.

5. 모서리의 감정

민정순의 시에 깃든 깊은 사랑은 감정의 모서리에서도 곡선으로 분출된다. 시인이 써내려가는 고백에서 타인까지도 보듬는 품 넓은 사랑이 각진 감정을 모나지 않게 연마하기 때문이 아닐까? "가장 깊은 진리에는 가장 깊은 사랑이 존재한다"는 간디Mahatma Gandhi의 말처럼, 민정순이 써내려가는 모서리의 고백이 서럽도록 따뜻한 이유는 그녀의 마음자리 곳곳 '사랑'이 들앉아 있기 때문이다. 그래서 어둠과 빛의 간극 사이에도 사무치는 그녀의 고백은 들켜버린 쓸쓸함이라 할지라도 서럽지 않다.

세상 만물을 성실하게 껴안는 민정순의 시를 감히 '포용의 시학'이라 단언한다. 민정순 시의 정신적 가치가 고귀하다고 말할 수 있는 것은 낮은 자리를 품는 진정성 그대로의 성정을 시적 이미지로 쏟아낸다는 데 있다. 그녀의 시는 우직한 눈길로 현실의 가장 낮은 바닥을 어루만진다. 그래서 민정순의 고백에서 진심을 들여다보게 된다. 그녀가 고백 속에 들여둔 개똥나비며 조각보며 가을비에 젖은 하얀 서러움 한 가닥까지 진심이 아닌 것이 없다.

개똥 위에 나비 한 마리가 앉아 있다. 개똥철학을 연구하는 나비의 날갯짓이 자분자분 햇살을 들인다. 민정순이 풀어가는 절대 가볍지 않은 개똥나비의 개똥철학이 문득 궁금해진다. 모서리가 뜨겁다.

민 정 순

민정순 시인은 경남 밀양에서 출생했고, 2015년 월간『한맥문학』으로 등단했다. 저서로는 디카 시집『시어詩語 가게』와 시집『따뜻한 모서리』가 있으며, 현재 한국문인협회, 경남문인협회, 밀양문인협회 회원으로 활동을 하고 있다.

탈현대를 지향하는 이성의 시대. 다시 서정으로 돌아가려는 시의 움직임이 활발하다. 민정순 시인의 두 번째 시집인『따뜻한 모서리』는 전위적인 시를 밀어내고 편안한 시세계를 지향한다. 시에서 절제되지 않는 감상주의나 친절한 화자 개입은 독자의 상상력을 침범하여 시의 탄력이 떨어질 수도 있지만, 그녀의 시편들은 시적 일상의 진정성이 질서 있게 배열되어 있어 자칫 느슨해질 수 있는 긴장감의 여백을 순순히 풀어낸다.

이메일 waytome2@daum.net

민정순 시집
따뜻한 모서리

발   행   2023년 9월 15일
지 은 이   민정순
펴 낸 이   반송림
편집디자인 반송림
펴 낸 곳   도서출판 지혜, 계간시전문지 애지
기획위원   반경환 이형권
주   소   34624 대전광역시 동구 태전로 57, 2층 도서출판 지혜
전   화   042-625-1140
팩   스   042-627-1140
전자우편   eji@ji-hye.com
            ejisarang@hanmail.net
애지카페   cafe.daum.net/ejiliterature

ISBN   979-11-5728-518-1   03810
값   10,000원

「이 책은 경남문화예술진흥원의 문화예술지원을 보조받아 발간 되었습니다.」